Título original: *Hänsel und Gretel*, de Jakob y Wilhelm Grimm

Colección **libros para soñar**®

© de las ilustraciones: Pablo Auladell, 2008

© de la traducción: Marta Rincón, 2008

© de esta edición: Kalandraka Ediciones Andalucía, 2013

Avión Cuatro Vientos, 7 - 41013 Sevilla

Telefax: 954 095 558

andalucia@kalandraka.com

www.kalandraka.com

Impreso en Gráficas Anduriña, Poio

Primera edición: marzo, 2008

Segunda edición: junio, 2013

ISBN: 978-84-96388-83-3

DL: SE 507-2008

MIXTO
Papel procedente de
fuentes responsables
FSC® C104983

La casita de chocolate

J. y W. Grimm

Pablo Auladell

Érase una vez un pobre leñador que vivía cerca de un gran bosque con su mujer y sus dos hijos: Hänsel y Gretel.

Eran tan pobres que, una noche, la mujer le dijo al leñador:
—Ya no nos queda nada para comer. Mañana temprano, dale un trozo de pan a cada niño y llévatelos al medio del bosque. Enciéndeles un fuego y déjalos allí.
—¿Pero cómo voy a hacer eso? —protestó el leñador—. No tengo valor para abandonar a mis queridos hijos entre animales salvajes que los devorarán.
—Entonces moriremos todos de hambre —respondió ella.

Y la mujer no dejó de insistir hasta que el hombre aceptó su propuesta.

Los niños, que no dormían a causa del hambre, escucharon
lo que la madrastra le había dicho al padre.
Gretel se sintió perdida y lloró desconsoladamente.
—Calla, Gretel, y no tengas miedo, que encontraré una solución
—dijo Hänsel.

Y, sin que sus padres se dieran cuenta, Hänsel saltó de la cama,
se puso una chaqueta y salió a escondidas de la casa.

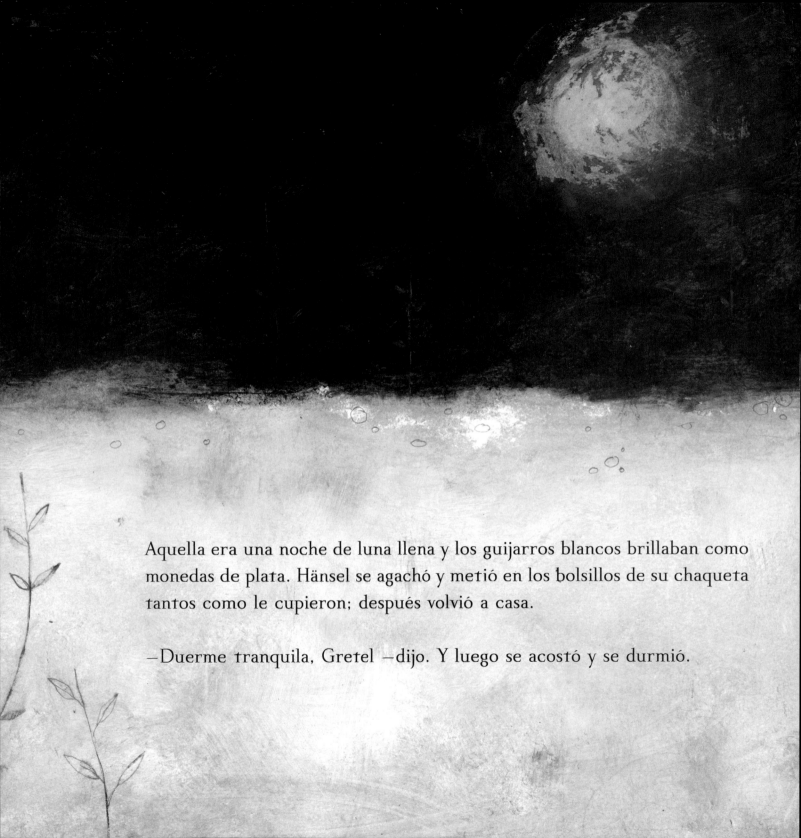

Aquella era una noche de luna llena y los guijarros blancos brillaban como monedas de plata. Hänsel se agachó y metió en los bolsillos de su chaqueta tantos como le cupieron; después volvió a casa.

—Duerme tranquila, Gretel —dijo. Y luego se acostó y se durmió.

Al día siguiente, la mujer despertó a los niños antes de que hubiera salido el sol:

—Levantaos, niños, que nos vamos al bosque. Aquí tenéis un trocito de pan para cada uno. Racionadlo bien para que os llegue hasta el mediodía.

Los padres y los niños se pusieron en camino y se internaron en el bosque. Cuando llevaban un rato andando, Hänsel se detuvo y miró hacia atrás, hacia la casa, y poco después otra vez, y otra y otra.

Y tanto miró que su padre le preguntó:

—¿Qué miras, Hänsel? Ten cuidado y mueve las piernas.

—Estoy mirando a mi gato blanco, que está en el tejado de la casa y me dice adiós.

—No seas tonto —dijo la mujer—. No es tu gato: es el sol, que brilla sobre la chimenea.

Pero Hänsel no miraba al gato, sino los guijarros que sacaba del bolsillo e iba tirando a un lado del camino.

Cuando llegaron al medio del bosque, el padre dijo a los niños:

—Coged leña, que vamos a hacer una hoguera para no pasar frío.

Hänsel y Gretel recogieron un montón de ramas secas y su padre le prendió fuego.

Cuando las llamas eran bastante grandes, la mujer dijo:
—Ahora, acostaos junto al fuego y dormid. Vuestro padre y yo vamos a buscar más leña y volveremos enseguida.

Y allí se quedaron los niños solos. Al mediodía se comieron el pan que les habían dado y esperaron hasta el anochecer. Como oían hachazos, pensaban que sus padres estaban cerca; pero solo era una rama que el viento movía y golpeaba contra el tronco de un árbol.

Y, como estaban muy cansados, se quedaron dormidos.

Se despertaron cuando ya era de noche, y Gretel se echó a llorar,
pero Hänsel la tranquilizó:
—Espera hasta que salga la luna.

Cuando salió la luna, Hänsel tomó de la mano a su hermana y echaron a andar, siguiendo los guijarros blancos que brillaban como monedas de plata bajo la luz de la luna.

Anduvieron toda la noche y, cuando amanecía, llegaron a casa.
El padre se alegró mucho al verlos, pues estaba muy apenado desde que los abandonó en el bosque. La madrastra disimuló e hizo como que también se alegraba, pero estaba muy enfadada.

En la casa de Hänsel y Gretel siguió faltando comida. Y una noche los niños escucharon decir a su madrastra:

—Solamente nos queda media barra de pan. Mañana tienes que llevar a los niños más dentro del bosque para que no encuentren el camino de vuelta. Es nuestra única salvación para no morirnos todos de hambre.

Y la mujer convenció de nuevo al leñador para que abandonase a sus hijos.

Hänsel quiso ir a coger piedras de nuevo, pero la mujer había cerrado la puerta con llave y no pudo salir de casa.

A la mañana siguiente, la mujer les dio un trozo de pan, más pequeño aún que la vez anterior, y salieron hacia el bosque todos juntos. Mientras caminaba, Hänsel fue desmigajando el pan en su bolsillo; a veces se detenía, miraba hacia atrás y echaba una miguita al suelo.

—¿Por qué te paras, Hänsel? —dijo el padre—. Sigue andando y deja de mirar para atrás.

—Estoy mirando a mi paloma, que está en el tejado de la casa y me dice adiós.

—No seas tonto —dijo la madrastra—. No es tu paloma: es el sol, que brilla sobre la chimenea.

Pero Hänsel no miraba a la paloma, sino a las migas que sacaba del bolsillo e iba tirando a un lado del camino.

Hänsel siguió caminando, deshizo todo su pan y lo esparció por el camino. Después llegaron a un lugar del bosque donde no habían estado nunca, y allí los niños se tuvieron que sentar de nuevo junto a una hoguera, a la espera de que sus padres volviesen a recogerlos. Al mediodía, Gretel compartió con su hermano el trocito de pan que aún les quedaba.

Y llegó la tarde, y después la noche, pero sus padres no volvieron.

Se durmieron, y despertaron cuando la oscuridad lo cubría todo.
Gretel se echó a llorar, pero Hänsel la tranquilizó:

—Espera hasta que salga la luna. Su luz nos mostrará las migas, y
ellas nos indicarán el camino de vuelta.

Y en cuanto salió la luna, Hänsel tomó a su hermana de la mano y
echaron a andar; pero los pájaros se habían comido todas las migas.

Los niños anduvieron por el bosque durante toda la noche y todo
el día siguiente, pero no encontraron el camino de vuelta.

Al cabo de tres días, Hänsel y Gretel seguían perdidos en el espeso bosque, y solo se alimentaban de las bayas que crecían en el suelo. Si no encontraban pronto ayuda, morirían de hambre.

Al mediodía vieron un pajarillo blanco, con un canto tan hermoso que se sentaron a escucharlo. Cuando terminó de cantar, echó a volar y los niños le siguieron hasta que llegaron a una casa muy especial.

Era toda de bizcocho, tenía el tejado de chocolate y las ventanas de caramelo.

—Vamos a parar aquí y nos daremos un banquete —dijo Hänsel, arrancando un trozo del tejado. Gretel se acercó a una ventana y le dio unos mordiscos.

Entonces, desde dentro de la casa, se oyó una voz muy aguda:
—¿Quién roe, quién chupa, quién mastica? ¿Quién se come mi casita?
Los niños contestaron:
—Es el viento, es el viento, que no para ni un momento.
Y siguieron comiendo.

De repente, la puerta de la casa se abrió y salió una anciana que se apoyaba en una muleta. Hänsel y Gretel se asustaron mucho, pero la mujer, meneando la cabeza, los tranquilizó:

—Ay, ay, queridos niños, ¿de dónde habéis salido? Entrad, entrad, que os trataré muy bien.

La anciana tomó a Hänsel y a Gretel de la mano, los metió dentro de la casa, les dio una riquísima cena y después los acostó en dos hermosas camitas. Pero, en realidad, aquella mujer era una malvada bruja que había hecho la casa de bizcocho, chocolate y caramelo para atraer a los niños. Y, cuando alguno caía en sus manos, lo cocinaba y se lo comía.

A la mañana siguiente, la bruja agarró a Hänsel y lo encerró en un corral. Las brujas tienen los ojos rojos y no pueden ver muy bien, pero tienen un olfato muy agudo, como el de los animales. Así que, al oler a los niños, dijo:

—¡Esos no se me escaparán!

Cuando se despertó, el niño se encontró entre rejas, como si fuese un pollito. Después, la bruja despertó a Gretel y le dijo:

—Levántate, perezosa, y ve a preparar una buena comida a tu hermano. En cuanto engorde un poco, me lo comeré.

Gretel se echó a llorar, pero hizo lo que la bruja le ordenaba.

Desde entonces, la niña tuvo que preparar las más ricas comidas para su hermano, mientras ella solo comía las sobras.

Todas las mañanas, la bruja iba al corral y gritaba:

—Saca un dedo, Hänsel; a ver cuánto has engordado.

Pero el niño, en vez de sacar un dedo, mostraba un huesecito y la bruja, que no veía muy bien, se asombraba al ver que Hänsel no engordaba nada. Al cabo de cuatro semanas, la bruja perdió la paciencia y una noche le dijo a Gretel:

—Ve a buscar un cubo de agua. Me da igual que tu hermano esté flaco. Lo cortaré en trocitos, lo coceré y me lo comeré.

Gretel lloraba mientras acarreaba agua, y no sabía qué hacer para salvar a Hänsel.

—Ojalá nos hubieran comido los animales salvajes. Así habríamos muerto juntos.

Cuando volvió, la bruja ya había encendido el horno. Y le dijo a la niña:

—Mira dentro del horno, Gretel. A ver si ya está preparado.

Del horno salían enormes llamas y la niña enseguida se dio cuenta de lo que maquinaba la bruja.

—No sé cómo se hace —remoloneó Gretel—. Hazlo tú primero para que yo aprenda.

—Qué tonta —dijo la bruja—. Mira bien cómo tienes que hacer.

La bruja se puso a cuatro patas y metió la cabeza en el horno. En ese momento, Gretel la empujó hacia adentro y cerró la puerta. Después corrió a liberar a su hermano, mientras la bruja daba unos gritos espantosos.

Hänsel salió de la jaula y los dos niños se abrazaron con gran alegría.

Como ya no tenían miedo de la bruja, entraron otra vez en la càsa y... escondidas por todos los rincones, encontraron muchas cajitas con perlas y piedras preciosas. Se llenaron los bolsillos y se fueron de allí buscando el camino de su casa.

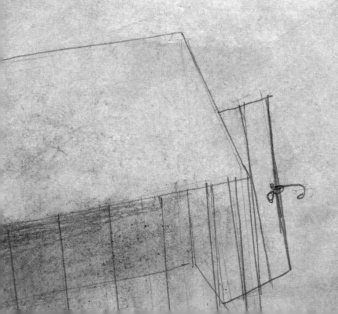

Pero llegaron a un gran río y no pudieron cruzarlo. Entonces Gretel vio a un pato y le pidió ayuda. El ave los cruzó y los dejó en la otra orilla.

Después de caminar varias horas, los dos niños divisaron su casa. Emocionados, se echaron a correr y, cuando llegaron, se colgaron del cuello de su padre y le dieron muchos besos. Aquel hombre no había vivido un momento de sosiego desde que abandonó a sus hijos en el bosque y, además, su mujer había muerto.

Los niños vaciaron al momento sus bolsillos: las piedras preciosas y las perlas cayeron y se esparcieron por todo el cuarto.

Desde entonces, los tres vivieron felices y contentos, y jamás volvieron a pasar hambre. Y, colorín colorado, este cuento está acabado.